La tête dans les étoiles

D'après l'œuvre d'Hélène Bruller et Zep

P'TIT TOME

Albin Michel

Éliette

Mini défaut :
a des grosses
lunettes

Superlunettes

Maxi pouvoir :
avec ses lunettes, elle voit
à travers les murs

Nathan

Mini défaut :
se casse toujours
la figure

MiniJusticiers ???

Greg

Mini défaut :
pète tout
le temps

Superprout

Maxi pouvoir :
quand il pète, il fait
des bonds gigantesques

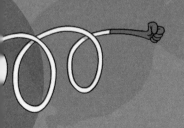

Supergadin

Maxi pouvoir :
il se transforme
en homme caoutchouc

Mais qui sont les

Marion

Mini défaut :
pleurniche
pour un
oui ou pour
un non

Superpleurnicharde

Maxi pouvoir :
ses pleurs provoquent pluie,
orage, éclairs...

MiniJusticiers ???

Yvon

Mini défaut :
est haut comme
trois pommes

Supermini

Maxi pouvoir :
il modifie la taille
des objets

⭐ 1 Ça plane pour lui !

Depuis qu'un centre spatial a été construit non loin de la ville et qu'il a vu une fusée décoller, Paco est toujours le nez en l'air, à scruter le ciel. Il s'est passionné pour l'espace, les étoiles et la Voie lactée.

Il est même incollable sur le nom des planètes, des galaxies et dans sa chambre, il n'y a plus aucune petite voiture, juste des fusées, des figurines d'extraterrestres et des posters de vaisseaux spatiaux…

Le garçon a vraiment la tête dans les étoiles !

Aujourd'hui, il annonce à sa maman le métier qu'il a l'intention de faire lorsqu'il sera grand : astronaute… ou cosmonaute. Il ne sait pas très bien la différence, mais en tout cas, un métier qui finit par « naute » et qui permet de piloter des fusées.

– Tu sais Paco, réplique sa maman, astronaute est sûrement un des métiers les plus difficiles au monde. Par exemple, il faut être extrêmement doué en maths…

Le petit garçon fait une grimace de dégoût, un peu la même que lorsque l'on mange du chou bouilli. Il faut dire qu'il déteste cette matière.

– En maths !? Mais personne ne va dans l'espace pour résoudre des problèmes de baignoires à moitié vides !

Sa maman sourit.

– C'est plus compliqué que ça ! Non seulement, il faut être fort en maths, mais en plus, il faut faire de longues années d'études. Cela demande beaucoup de patience de devenir astronaute… ou cosmonaute.

Paco remonte dans sa chambre, déçu. Il s'assoit par terre et pousse un gros soupir : « De longues années d'études !? Et puis quoi encore, je ne vais pas aller dans l'espace quand je serai un pépé ! »

Mais comme il est du genre têtu, il décide de ne pas attendre: il deviendra le premier enfant à aller dans l'espace, et ce sera cette après-midi même. D'ailleurs, il ne va même pas avoir besoin d'une fusée…

⭐2 Les dessous spatiaux

Plus tard, au parc, Paco s'installe dans une catapulte accrochée entre deux arbres sous les yeux ébahis des passants. Il faut dire que cet engin censé le propulser au-dessus de la stratosphère, le petit garçon l'a fabriqué avec… un slip !

Il le tend au maximum, persuadé qu'il va faire un saut assez puissant pour rejoindre les astres.

– Attention ! annonce-t-il fièrement. Je vais m'envoler direction l'espace et les étoiles ! 3… 2… 1… Décollage !

Effectivement, Paco décolle… pour ce qui restera sans doute le vol spatial le plus court de l'Histoire : il atterrit sur un muret, à quelques mètres seulement de là. Les étoiles, ce ne sera pas pour tout de suite…

En plus, son slip est fichu (ou alors, il faut qu'il le donne au yéti vu comme il l'a agrandi). Mais Paco est déterminé et ne compte pas s'arrêter là…

Le voilà qui se jette en skate de la plus haute rampe de la ville, celle que même les pros ont peur d'utiliser ! Malheureusement, il se retrouve une fois de plus le nez au sol. À défaut de rapporter des objets venus d'autres planètes, il va rapporter des bosses… et un gros pansement.

Mais Paco n'est pas têtu, il est en réalité TRÈS têtu, et a pensé à une nouvelle façon de rejoindre le ciel. Dans son jardin, il y a un trampoline. ..

– Si je rebondis très fort dessus, je vais aller dans l'espace, c'est sûr ! se réjouit déjà le garçon.

Il prend de l'élan et commence à monter de plus en plus haut.

– Youhou ! Salut, les extraterrestres ! J'arrive !

Mais les extraterrestres ne le verront pas de si tôt, car tout à coup sa trajectoire dévie, et il passe à travers la fenêtre du salon (heureusement ouverte), où sa maman boit tranquillement son thé. Il se crashe sur la table qui se fracasse en mille morceaux.

Sa maman a eu vraiment peur, car il aurait pu se faire très mal.

– Paco ! Non mais, tu es fou de faire du trampoline comme ça ? Tu essayais d'aller le plus haut possible ?

Le garçon secoue la tête.

– Pas du tout, maman ! Je ne voulais pas
aller le plus haut possible, je voulais juste
aller... euh... dans l'espace.

Sa maman ouvre grand la bouche, surprise :

– Mais… C'est impossible d'aller dans l'espace sans fusée. Je crois que ta passion t'a tourné la tête. Tu vas aller dans ta chambre et ranger tous tes jouets de cosmonaute dans un sac !

Et voilà Paco, l'astronaute amateur, abattu, en train de vider sa chambre de tout ce qu'il préfère. Il est sur le point de se résigner, prêt à abandonner l'idée de quitter cette planète…

Mais le garçon n'est pas têtu. Il n'est pas non plus super têtu. Il est HYPER MÉGA têtu, et a encore un plan.

⭐3 Solution de secours

Le plan de Paco s'appelle les Minijusticiers. Quand le garçon arrive à leur repaire avec son bandage et qu'il leur explique comment il s'est fait toutes ces bosses, nos mini héros n'en reviennent pas.

– Tu sais, lui dit Marion, ta maman a raison. Être astronaute, c'est extrêmement difficile. Et c'est vrai que c'est impossible d'aller dans l'espace tout seul…

Paco est terriblement déçu. Si ce sont les Minijusticiers qui le disent, alors il n'y a plus aucun espoir. Et comme il est nul en maths, il ne fera jamais ce métier…

Sentant que les larmes montent aux yeux de leur copain, Éliette intervient :

– À moins que l'on te prépare un entraînement d'astronaute, propose la fillette. Comme ça, tu ressentiras toutes leurs sensations !

Les autres acquiescent. C'est une très bonne idée !

– C'est vrai !? Vous feriez ça ? Oh, vous êtes vraiment les meilleurs, les Minijusticiers !

– Rendez-vous demain au parc, confirme Greg. Passe une bonne nuit, car demain, tu vas vivre un grand jour…

4 Le stage intensif

Le lendemain, Paco a enfilé son plus beau costume. Il est tellement impatient que son entraînement commence !

– D'abord, lui explique Marion, les astronautes ne doivent pas craindre la force centrifuge. Je vais donc te faire tourner très vite. Tu es prêt ?

Bien sûr, il est prêt. Alors, la fillette provoque une tornade et Paco se met à tourner effectivement très, très vite. Cette épreuve terminée, alors que n'importe qui aurait eu besoin de s'asseoir, lui en veut encore.

– C'était trop la classe intersidérale cosmique ! On fait quoi maintenant ?

Greg prend alors le relais : il s'accroche à
Paco et lui fait faire un décollage terrible !
Ils montent très haut, très vite et enfin,
Greg le lâche pour un vol hypersonique.
Paco fait une chute à toute vitesse, heu-
reusement amortie par Nathan qui s'est
transformé en matelas pour l'occasion.

Le garçon n'en revient pas, il n'a jamais
eu de telles sensations. Et il n'est pas au
bout de ses surprises : les Minijusticiers
lui remettent un diplôme d'astronaute.
Paco est fou de joie :

– Je le savais que je n'avais pas besoin de
faire des maths !

Après avoir remercié une fois de plus les Minijusticiers, il fonce chez lui.

Nos héros sont très amusés.

– Hé bien, on a bien fait de fabriquer ce faux diplôme, il y a vraiment cru, s'amuse Greg.

Mais il ne pense pas si bien dire…

5 Paco s'enflamme

Le lendemain, dans la cour de l'école, les Minijusticiers parlent encore de cette incroyable journée.

– C'était génial ! lance Marion. Paco avait plus d'étoiles dans les yeux qu'il n'y en a dans le ciel !

– C'est vrai, sourit Greg. Ça lui a fait un super souvenir, et je suis sûr qu'il n'a pas dormi de la nuit…

Tout à coup, Rémi arrive, l'air très inquiet.

– Les Minijusticiers, j'ai vu Paco ce matin et il était très bizarre. Il m'a dit qu'il ne viendrait plus à l'école car maintenant, il était astronaute. Et après, il est monté dans le bus 22…

– Le bus 22 !? s'étonne Éliette.

– Oh non ! s'exclame Greg. C'est le bus qui mène au centre spatial…

– Et en plus, reprend Rémi, il y a un lancement de fusée ce matin. Je le sais car mon tonton travaille là-bas…

C'est le choc pour les Minijusticiers qui n'en croient pas leurs oreilles.

Éliette est très inquiète.

– Il a dû penser que grâce à notre entraînement, il pourrait aller dans l'espace pour de vrai. Il va sûrement essayer de monter dans la fusée !

– On n'a pas le choix ! s'écrie Marion. Tant pis pour l'école, on fonce là-bas !

Et dans un éclair, ils se transforment en mini super héros de poche !

Kouikakuuzzzzz !!!

⑥ Pars pas Paco !

Tous accrochés à Superprout, nos héros arrivent très vite au centre spatial où la fusée est parée pour le décollage. Malheureusement, ils n'arrivent pas à apercevoir leur copain, il y a beaucoup trop de monde…

– Peut-être qu'il a changé d'avis, suggère Supergadin, et qu'il est retourné à l'école…

Mais Superlunettes a une mauvaise nouvelle. Elle vient de repérer leur copain grâce à sa super vue.

– Normal qu'on ne le voie pas dans la foule, il est dans la fusée ! Juste sous le poste de pilotage…

– Quoi !? s'étrangle Supergadin. Mais comment a-t-il fait pour y entrer ?

Mais déjà les haut-parleurs lancent le compte à rebours.

« Décollage dans 60 secondes. 59… 58… 57… »

C'est la panique totale dans la bande ! Heureusement, Supermini a une idée.

– Marion, il faut que tu pleures très fort et que tu provoques une tempête, comme ça, ils seront obligés de retarder le décollage.

– D'accord, accepte Superpleurnicharde,
mais il va falloir me dire quelque chose de
très triste.

Superlunettes se lance :

– Marion, tu sais que Paco n'a pas de
combinaison et qu'il ne pourra pas sur-
vivre dans cette fusée ? Il va devenir tout
bleu, tout vert, tout rouge, et il explosera !

À cette pensée, Superpleurnicharde éclate en sanglots. Alors, de gros nuages noirs envahissent le ciel et un vent violent se déchaîne. Le plan d'Éliette a fonctionné…

« 35… 34… 33… Coupez les moteurs, opération annulée ! » lancent les haut-parleurs.

En effet, il est trop dangereux de décoller par un temps pareil. Les Minijusticiers sont rassurés, enfin pas pour longtemps. Soudain, un éclair vient frapper la fusée, déclenchant la mise à feu des réacteurs ! Et d'un coup, l'appareil se met à vrombir et décolle…

– Alors là, c'est fichu ! se désole Marion, en voyant l'engin spatial rejoindre le ciel.

⭐ 7 Paco a marché sur la lune

Devant le large public amassé, la fusée prend toujours plus de hauteur. On court à la catastrophe !

Supermini réduit alors ses propulseurs et l'engin se met à redescendre tout douce-ment. Dans le centre de contrôle, c'est la panique et aucun ingénieur ne comprend ce qu'il se passe.

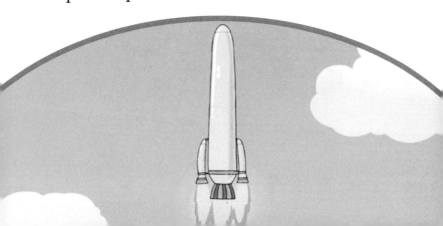

Superprout s'envole et se colle à l'un des hublots de la fusée à travers lequel il aperçoit Paco. Il tire sur la manette pour déverrouiller la porte et après bien des efforts, la poignée cède enfin. Paco est là ! Ni une ni deux, les garçons s'envolent à travers le ciel pour rejoindre les autres.

Paco est sauvé ! Mais il n'en est pas de même pour le public, car la fusée, dans sa chute, fonce vers la foule ! Ce coup-ci, aucun des pouvoirs des Minijusticiers ne pourra éviter cette catastrophe…

C'est alors qu'un miracle se produit : les propulseurs reprennent soudainement leur taille normale et la fusée commence à remonter pour finalement disparaître dans le ciel.

Tous ceux qui ont suivi cet événement à la télévision semblent interloqués, et ce décollage restera assurément le plus étrange de l'Histoire de la conquête spatiale.

Paco, ramené sain et sauf, est fou de joie. Il a pu vivre un vrai décollage, dans une vraie fusée, comme un vrai astronaute !

En revanche, il est d'accord sur un point : c'est un métier très difficile et très dange-reux. Et peut-être que cela ne vaut pas le coup de travailler autant en maths pour ça…

⑧ Astronaute : ma passion presque à vie !

Le lendemain, au repaire, Éliette lit l'article de journal consacré aux événements de la veille.

– Écoutez ça : *Grosse frayeur au centre spatial hier. D'après nos informations, un petit garçon s'était introduit dans la fusée, et de mystérieux individus l'ont sauvé juste avant que l'engin ne décolle. À l'heure actuelle, nous ne savons pas qui ils sont.*

Les autres éclatent de rire.

– Nous sommes les Minijusticiers ! s'exclament-ils en chœur.

Paco fait alors son entrée avec un drôle de costume.

– Ça alors ! s'écrie Greg. Elle est bizarre, ta tenue d'astronaute…

– Ah non, ce n'est pas une tenue d'astronaute ! Aller dans l'espace, c'est bien trop dangereux. Non ça, c'est un scaphandre pour aller visiter les fonds marins, ma nouvelle passion…

De surprise, les Minijusticiers restent sans voix. Enfin, Éliette brise le silence :

– Au moins, dit-elle, sous l'eau, tu auras toujours la tête dans les étoiles…

Les autres se regardent, intrigués.

– Ben oui, reprend la fillette, la tête dans les étoiles… de mer !

Et tout le monde explose de rire.

Avoir
la tête dans
les étoiles

Cela ne veut pas dire être tellement grand qu'on atteint le ciel,
mais être dans la lune. C'est bien
d'être un peu rêveur, mais il faut
faire attention à ne pas avoir la
tête dans les étoiles quand on
marche dans la rue, car sinon, on
risque d'avoir la tête... encastrée
dans un poteau !

Collection dirigée par Lise Boëll.

© MMXII Futurikon. Tous droits réservés.
D'après l'œuvre originale d'Hélène Bruller et Zep
Adaptation littéraire : Vincent Costi en collaboration avec Grégory Baranès
Scénario de Jean-Christophe Hervé & Cédric Perrin en collaboration avec Grégory Baranès
Adaptation pour Albin Michel : Fabrice Ravier
Publication originale :
© Éditions Albin Michel, S. A., 2013
22, rue Huyghens - 75014 Paris
www.albin-michel.fr

Conception éditoriale : Lise Boëll
Éditorial : Céline Schmitt
Direction artistique : Ipokamp

ISBN 978-2-226-24802-2
Loi n°49-956 du 16 juillet 1949
sur les publications destinées à la jeunesse
Achevé d'imprimer en France par Pollina - L64684B
Dépôt légal : mai 2013